KB130059

청어詩人選 417

가방을 메고 아침이 건너가고 있다

김정희 시집

도서출판 청어

가방을 메고
아침이 건너가고 있다

김정희 시집

시인의 말

글밥을 짓는
시어들이
어떤 모습일지
섬세한 붓을 찾아 들었다
마음이 그리는 수채화 속
추상화
세밀하게 덧칠하는
밤이 깊어가고 있다

2023년
살구꽃 흩날리는 밤

차례

2부 할비꽃

3부 페르소나

4부 봄눈 너도 봄일 텐데

5부 풀섬에 가고 싶다

해설

제1부

가끔 그 풍경에 들어가고 싶다

무리 지어 있어도
혼자 있어도
저 멀리에서 푸르게 빛나며
가까이 가도 아름다운
네가 있어서지

겨울 나비

아직
껍데기를 쓴 애벌레지

꿈이 아닐 거야
겨울 초록 묻어나는
동백나무 숲에서
발걸음 없이 걷고 있지
꿈은 아닐 거야
파랑 날갯짓으로
힘차게 날아다니고 있지

물빛 가슴이 바라보는 곳
두근거리는 보랏빛 세상을

가끔 그 풍경에 들어가고 싶다

지루하지 않아
지금이 어떤 세상인데
그래도
느리게 가는 풍경에 들어가고 싶다

오십 년 이상 한 자리에서
손님과 함께 늙어가는
이발사 손때 묻은 이발소

흰 수염 면도하며
남편 손을 도와주는 아내
입가 주름은
갈 길 바쁜 시간을
배시시 새는 웃음으로 그려가고

이발사가 깎는 바가지머리
싫다고 울던 아이

친구

너는 이미
따사로운 봄볕

움츠린
내 그늘 비추는
아침 햇살로

말없이
쏟아지고 있다

별에게

밤하늘이 아름다운 건
꿈꾸는 네가 있기 때문이지

무리 지어 있어도
혼자 있어도
저 멀리에서 푸르게 빛나며
가까이 가도 아름다운
네가 있어서지

어둠 밝히며 구슬땀 흘리는 청춘이
외롭게 떠다니는 도시의 섬

푸른 신호 보내는 네가 있어서

까만 밤도 별일 없이 흘러가지

비상

꽃씨 한 알로 아침을 열었다
말간 계곡물에 목을 축인다
그동안 모아둔
꽃 열매로 만찬을 차린다

먼 비행을 위해
솜털 남은 깃털을 다듬는 막둥이
함께하는 것이 마지막일지도
푸짐하게 담긴 접시를 앞에 놓는다

첫째 떠나보낼 때도 그랬다
어우러지며 자유로이 나아가길
고개 끄덕이며 날개를 펴는 막내
새파란 하늘로 힘차게 솟아오른다

남은 음식 말없이 즐기고
떠날 준비 마친 부부 새
한 시절 잘 보낸 둥지 남기고
미련 없이 날아가고 있다

달려가는 전철 안에서

외면하는 시선이
스마트폰에 고정되어 있다
짧은 영상에 공감하며
옆에 있는 현실은 무관심하게
지나치고 있다

밥 먹었어
감기 조심해

겨울이면 퇴근하던 아버지가
안주머니에서 꺼내주던 군고구마처럼
스마트폰에 날아온 두 문장
나를 감싸준다

달리는 전철 안에서
갑자기 올라온 울음보
말없이 삼키며
오늘 달력을 넘기고 있다

초록 열매

세상 도화지에
발 도장 찍고 있는

보고 보아도
탐스러운 초록 열매

익는 것이
안타까운

날 닮은 점 하나

쓸모

그냥 지나쳐도 좋을 인연

없다

내게 먼저 손 내밀고
수줍게 가슴 여는 너

밥 한 톨에도 의미를 주는
쓸모

있다

꿈꾸는 하얀 파도

그 이름 가만히 부르면
흰 거품 일으키며
별빛이 밤새 빛나도록 널찍한 품 내준다
바삐 돌아가는 어둠을 보내고
잠시 눈을 감았다 뜬다
멀리 다가오는 하늘 눈동자
두 팔 벌려 가슴에 안는다
매일 거미줄 치는 먼 도시에서
늘 맴도는 파도 냄새
파란 물결 넘나드는 고래처럼
자유를 꿈꾸는 하얀 파도
나이 들어가는 소년에게
너울너울 일어나 다가오고 있다

겨울 폭포

꽃망울 짓고 피더니
진초록 거니는 여름이다

가을 여무는 찬 이슬 언덕
쉼 없이 넘어
무채색 설산 조용히 펼친다

맡은 역할 끝내고
시원스레 배설하는 모습 그대로
절벽 따라
천연덕스럽게 핀 겨울꽃

어느새
엷은 연둣빛 아른거리고 있다

산다는 것은

띵 동
폭염 주의보 안전문자에 놀라
고춧잎이 시들시들
줄기마저 바싹 말라 있다
저네들이 살겠나 싶고
잠도 더위를 먹었는지
눕지 못하고 있다
이른 아침 자리를 털고
텃밭에 나가보니
밤이슬에 목 축인 고춧잎
생글생글 물이 올라있다

공사판에서 일을 마치고
축 늘어져
밤새 관 속에 누워있던 시체
막내 칭얼거림에 몸을 일으킨다
구수한 밥 내가
깔깔한 입안을 돌아다닌다
부기 빠진 발이
땀내 나는 안전화를 신고
달리기 출발점에 선다
저 작은 고춧잎처럼

길 위에서

바람마저 불빛으로 춤추는 도로 한복판
공중에 매달린 사색 신호등
흔들리는 지지대 위 작은 구멍 앞에서
목이 터지도록 소리 지르는
이름 모를 새 한 마리
순간 솜털이 보였다 사라지며
쌩하니 트럭이 달려간다
포탄처럼 날아가는
멈출 수 없는 삶 위에서
간절하게 살아가는 위대한 네가
내려놓았던 먹이를 문다
보일 듯 말 듯 한
구멍 틈새로 부리를 밀어 넣고 있다

빈말이 찬밥이라도

쌀로 밥 짓지 마라
누군가 말한다

그럼 장작불 지펴
따끈한 글밥이라도

하나 마나 한 말
들으나 마나 한 말
빈말

그래도 듣고 싶다

가슴에서 나온 말이
찬밥이라도

때로는
비스듬히 서 있는 고픈 마음
먹먹히 달구어 뜨겁게 한다

부부

서서히 강을 돌아가는 산

하늘 안고 흘러가는 강물

눈꽃 내리면 눈꽃으로
봄꽃 피면 봄꽃으로
초록 찾아와 물들면 초록되는
오래된 친구

흘러가는 하늘 아래

강물이 가고 산이 오고

서로 마주 보며
다름도 비스듬히 닮아가며

돌배나무의 여름

시퍼런 녹음이 거슬러 올라
위태롭게 줄지어 서 있다
나이든 돌배나무에서
한나절 노닐던
새들이 떠난 자리
조각구름 눈길 떼지 못한다
오가는 모습 없이
가만히 밀려오는 땅거미
여름을 적시며 깊어지고 있다

폭포

수만 년 하늘을 지키던
수천의 백마가 뛰어내린다

발굽 닳도록 다한 임무 마치고

저 깊은 물 속
미지의 세계 꿈꾸던 곳으로
훌훌 몸을 던진다

비로소 하늘을 나는 자유를
오롯이 찾아가고 있다

2부

할비꽃

멈추고 서서
갈 것 같지 않던
섭섭한 긴 하루다
어제 화내서 미안해요
아들 녀석의 순한 목소리에
잠 못 이루며 떠돌던 까만 하늘
가슴에 뜬 별이 깜빡 잠이 든다

그대 돌아보지 말아요

그대
장미꽃이 아니었다고
백합꽃이 아니었다고
아쉬워 말아요

호박꽃으로 태어나
잘 익은 호박덩이 남기고
떠나가는 당신

흘러가는 주름에 장미를 피웠고
말간 뒷모습은 백합이었으므로
불어오는 시원한 바람결 따라
돌아보지 말고 가시길

그대는 참 아름다웠습니다

햇살 풀어놓은 바다로

숨만 쉬어도 끼는 때
비누로 닦고 돌아섰는데
옷과 몸에 또 붙는다
마음은 괜찮을까
파란 하늘로 빈 곳을 채워도
비집고 들어온다
몸에만 있지
자꾸 마음에 다가와 붙어나고 있다
흰 수건 들고
햇살 풀어 놓은
새털구름 바다로 첨벙 뛰어든다

어미 오이

노랑 초롱불 밤새 걸어놓더니

어느새 줄기마다 주렁주렁

뜨거운 태양을 이슬로 견디며

머리가 허옇게 된 어미

반듯하게 잘 자란 자식 중

체증처럼 걸린 못난 자식

까만 밤마다 찾아오는 달빛 정원에

멍든 가슴 숨기고 있다

할비꽃

동굴 무덤 앞
죽은 이 닮은 목각인형 타우타우*
삶과 죽음
애써 가르지 않는다
아끼는 마음 감추지 않는
끝나지 않은 여정에
지우개 없는 추억이 살고 있다
간경화에 목석이 된 아버지
무덤 같은 방문을 열어 놓고
딸의 퇴근을 기다렸다
얼굴을 만지고 등을 감싼다
니 손이 꿀이다 꿀이다
잔잔히 퍼져가는 함박웃음 꽃
떨어지는 해 곁에

*타우타우: 인도네시아 토라자의 장례 풍습으로 죽은 이의 생전 모습을 목각인형으로 만들어 동굴 무덤 앞에 두는 목각인형을 말함

달팽이 집

잊었다 비밀번호를
건물 입구에서 머뭇거리다
스마트폰에 묻는다

발소리 죽이고 들어가 앉는다

창 너머
허공에서 몸집 키우며
울먹이는 네온사인

가녀린 더듬이로
빛이 불타는 도시를 배에 채우는
동굴 속 마른 가슴

감돌던 봄별이 찾아와 터트리는
꽃망울 앞에서 떨리고 있다

구월 어느 날 아침

푸르렀던 밤송이 문을 열어
풋내를 털어내고 있다
촘촘히 박힌 알이
이슬 가득한 곳으로 뛰어내리면
검정 장화 윤이 나도록
풀밭 휘저으며 비탈길 달려간다
뛰어오는 시원한 바람
멈추면 따라 멈추는
구월 어느 날 아침

눈을 감아도 선명한 그곳에 내가 있다
늘 똑같은 자리에

벽시계

삼십 년 이상
잠들지 않는 시간을
초침으로 끌고 가는
허름한 벽시계
밥을 먹고도 느려지는
발걸음 재촉하며
골목길 쉼 없이 뛰어다니던
때 묻은 시곗바늘
재개발로 비어가는 뒷골목 터전
떠나기 싫어 똑딱똑딱
두툼한 굳은살 새겨진 손바닥 뒤로하고
휘적거리는 팔을 끌어당기며
오늘도 말없이 서 있는
가로등 곁을 지나가고 있다

너는 바위

동강 줄기 따라
너른 가슴 펼치고 서 있다
비바람 수놓은 수천 폭 병풍
하늘 내려온 곳에
찾아드는 삶 품고 있다

맨발도 두렵지 않던 시절
봄볕 여름 볕으로 그려내고
중년이 되어
출렁대며 흘러가고 있다

오늘도
생생하게 몰아치는 물결
함께 서 있는 짙은 푸름
피땀 녹여 보듬는
저기 저 산은
젖가슴 내준 큰 바위이다

긴 하루

멈추고 서서
갈 것 같지 않던
섭섭한 긴 하루다
어제 화내서 미안해요
아들 녀석의 순한 목소리에
잠 못 이루며 떠돌던 까만 하늘
가슴에 뜬 별이 깜빡 잠이 든다

종일
식탁에 덩그러니 놓여있던
수박 한 통
거실 한가운데서 속살 드러내고 있다

눈물

이천여 년 전
그때도 그랬었지요
전염병에 변해가는 모습에
외면하는 친구
알 수 없는 혐오와 증오가
세상을 덮었고
신도 우리를 버렸었지요
누구라도 겪을 수 있었던
깊은 외로움 두려움 모를 거예요
지금은요
자신 있게 말할 수 없어요
어쩜 21세기에서도
가장 슬픈
감염병이라는 아픈 말
쓰이지 않는 그런 곳에서
우리 만날 수 있을까요

구월 장미

팔월 달력을 넘기고
여름이 막 지나간 길목
덩굴장미 한 송이

굽히지 않는
이 시절 끝찌의 불꽃신호

한참을 맞바라보고 있다
가만히 돌아서는데
끝내 놓지 않는다

이슬보다 빛나는 소금이었지

새벽달과 달리기하며
가지려 하였던
이슬 물은 날들이

최첨단 배에 실려
물 따라 흘러가고 있다

불어오는 바람에 날아다니던
뜨거운 가슴이 남긴
땀내 나는 빛의 그림자

이슬보다 눈부신 소금이었다

툭툭 털고 기대어 서는

기쁘면 기쁘다 슬프면 슬프다

화나면 화난다 섭섭하면 섭섭하다

담아두지 말고 먼지 털어내듯

툭툭

비워진 내 가슴에 네가

비워진 네 가슴에 내가

기대어 설 수 있게

풀이 나면 꽃이 피고

누가 잿빛 먹칠을 하였나
산새 날아다니며 여러 생명의 터전이었던 푸르던 저 숲을
사나운 불칼이 지나간 자리 밤새 검은 눈물이 쏟아진다
새벽 빗소리에 풀 한 포기 다시 돌아오면
꽃이 피고 어린나무도 쑥쑥 자라 힘든 날 찾아갈 쉼의 친구로
늘 거기에 다시는 슬픔 흘림 없는 짙푸른 숲이

황금으로 물든 네 심장에서

황금을 저렇게 달고도 무겁지 않은지
머리부터 허리까지 주렁주렁 매달고
안기는 바람 기꺼이 품는다

청년 농부 발밑에
동심 가루
노랗게 깔아놓을 꿈을 꾸며
황금으로 물들어가는 네 심장에서

하늘을 가로지르는 태양
떠날 줄 모르고 있다

꽃잎

비바람 불면
부는 대로 흔들리다

내리던 비 그치면
환하게 웃는다

벌 나비 날던
푸른 날
가만히 내려놓고

저만치 앉아
미소 짓는 꽃잎

참 곱다

3부

페르소나

묵묵히 걸어가는 너
누구보다 아름다우니

눈에 띄는
꽃이 아니어도 돼

유리창에 비친 자화상

전철 한량을 굴리고 있다
단둘이서

마주 보고 있는 넉넉한 긴 의자
맞은편이 텅 비어 있다
맨 끝에 앉은 사람
중간에 앉은 사람
서로 눈길이 마주치자 고개를 돌린다
어디서 본 장면이다
아침 출근 저녁 퇴근도 혼자다
식구는 각자 나가고 들어온다
방문은 다 열었는데 눈 맞춤이 없다

현관문을 열었다
식은 바람이 따라와 밤 발 앞에 선다

약속 한 장

종일 비가 떨고 있다

첫 등록금으로 산 늦가을 낙엽
책갈피에 끼워 넣고
책가방 끌어안고 걷고 있다

가난이 무섭다는 것을 처음 알았다

돌아서는 순간까지 손을 잡고
놓지 못하던 빗물 섞인 목소리

억새밭에 들어선
머리카락이 억새인 줄
바람 앞에서 나풀거리고 있다

오래전 가슴에 넣어 둔
젖은 약속 한 장
애잔하게 잔주름 내밀고 있다

어린이날

누구지

손가락 새 빠져나가는 송사리
한 마리 잡고
불어오는 잔바람에도
자지러지게 웃는다

긴 다리 방아깨비 방아 찧게 하고
이슬 구르는 풀잎 보며
마냥 눈웃음 짓는다

저 속에 있을까
거울 앞에서 오랫동안
나를 기다렸다

잉여 인간

홀로 영정 지키는
사람 발길 드문 장례식장
불빛에 날아오는 적막이
먼지처럼 가라앉고 있다
북적이는 마을 한적한 집
동생과 단둘이 세 들어 살던
오십 대 남자
싱크대 옆에서 쓰러졌다
구급차 간이침대 펼치기 전
그가 떠났다
아침에 보고
저녁에 떠난 동백꽃 되어
고향 지키는 구십 아버지
차마 소식 전하지 못하였다
식지 않는 눈물 뒤로하고
고향 집 마당에 선 빈 발자국
마지막 인사 없이
한 사람이 사위고 있다
마른 땅 잠시 적시고 가는
봄눈이 떨어지고 있다

빛나는 별이 아니어도

앞에서 빛나는
별이 아니어도 돼

보름달 뒤에서
먹구름 뒤에서

묵묵히 걸어가는 너
누구보다 아름다우니

눈에 띄는
꽃이 아니어도 돼

방울땀 흘리며
새벽이슬과 함께하는 너

그것만으로도
반짝이는 별이야

행복

발걸음 앞서는 퇴근길
십분 남짓 걷는 길에서
매일 만나는 얼굴
계절마다 수수한 무대 꾸미는
풀꽃
눈인사 손 인사 나누고
뒤돌아보면
저 멀리서 닿을 듯 보이는 저녁놀
그대로 지켜보며
맨날
내 곁에서 미소 짓고 있었다

눈을 포개며 늦은 저녁을

뒤꿈치 살이 비치는 흰색 양말

엄지발톱 고개 든 갈색 양말

여러 해 함께 걸어가다
기울어진 줄에 걸터앉는다

별이 어둠을 찾아오고
뻐꾹 시계는 창문을 열어
아홉 번 종을 치고 있다

그네타기를 멈추고 내려온 양말
서로 눈을 포개며 늦은 저녁 먹고 있다

겨울 나비 2

늦더라도 조금만

여름 산을 넘고
가을 타는 들판 지나서
침묵 속 작은 움직임으로
함박눈 쌓인 강을 건너

멍울 고치 풀어내고
파란 눈빛으로

기다리던
햇살 망울 터지는
봄날

별꽃처럼 눈부신
너에게로 날아갈 테니

솟을대문

남한산성
이백 년 훌쩍 넘긴 한옥에
꽃가마 들고나던 솟을대문 있지요

바람도 넘나들며 쉬어가는
새색시 시집오는 날
환하게 가슴을 열던 솟을대문

부끄럼타며 피어나는 꽃
수줍게 보러 오는 사람들
아침이면 날아와
안부 전하는 참새 떼를
기꺼이 맞이하며

지금도
말 없는 그 자리에서
오래된 이야기하는 솟을대문 있지요

얼굴이 만들어지는 시간

미움이 먹구름 만들어
천둥 번개 치며
마음에
못난 잔주름 새기고 있다

옅은 자국 남기고 가는
아침 해가 떠오르고
어제를 휘감은 잔주름이
만들어 내는 목소리
내일 얼굴 만들어 가고 있다

문밖에서 종일 놀리던 혀의 수고
한낮을 맴돌던 밤하늘이 지우고 있다

잠시 서서 뒤를 보면

거리에 내가 서 있다

비 내리면 우산을 잡고
눈이 오면 모자를 쓰고
하늘이 푸르면 맨발로
쉬지 않고 걸었다
작은 돌부리에 발이 걸렸다

혼자라는 생각이 들어
잠시 서서 뒤를 보았다

먼저 달려오는 부모 형제
피붙이 같은 친구가 보인다

묵묵히 기다려준 그네들이
두 팔 벌려 다가오고 있다

억새꽃 그 자리에

초록이 매일 일줄 알았던 만발한 억새꽃이
아스팔트에 닳아버린 신을 신고
저기 다가오고 있다
인기척 들고 나던 오래된 나무 의자에
바람 숭숭 떠다니는 파란 하늘과 앉아 있다
네가 떠난 자리에서 돌아올 널 기다리고 있다

페르소나

나의 페르소나여 고개를 들라

가짜를 벗고 진짜를 찾아
누구의 눈치도 보지 않으며
오로지 가슴 울림에 집중하고 싶다

짙은 어둠을 건너오는 새벽빛
숨겨지지 않는 나의 모습을
당당히 드러내려 한다

광화문에서 춤추는 페르소나여
잡는 손 냉정하게 돌아서는
오늘의 가면에 아파하지 말자

연잎에 빗방울 떨어지고

첫가을 발자국에 시들어가는 연잎
작은 못에
넘칠 듯 말 듯 빗물이 간질대고 있다

다듬어진 둘레길 각진 모퉁이 돌아
막 자라난 연잎 한 포기
가득 고인 빗방울 투명하게 빛난다

열일곱에 다섯 식구 가장이 되었던
큰누나 우산에 달린 빗방울
또르륵 연잎에 떨어진다

보석보다 눈부신 물방울에
큰누나 눈물이 감아 돌고 있다

무섭다

스마트폰만 통신기기만 있으면

다 되는 줄

다정한 목소리 웃는 얼굴

화면으로 보면 다 되는 줄

아니었다

멀어지고 있었다

팬데믹(pandemic)에 이별을 고하고

만남이 일상이 되었다

그래도 무섭다

메타버스(metaverse)

스마트화되는 세상

사람 온기 영영 잃을까

옥수수

진초록으로 누구보다
뜨겁게 살았다

할 일 못 해 무서웠던
어제보다

조금씩 여물어가는 오늘이

누렇게 마른 풀이 되어가도
마음 가벼워 좋다

4부

봄눈 너도 봄일 텐데

조금 천천히 가지
한 시간도 안 되어 가버린 너
다시 찾아와 앞산 얼굴에
고운 화장 다시 한번

첫봄에 피는 웃음 한 줌

첫사랑일지 몰라
차마 놓지 못했던 늦겨울
뜬눈으로 지새우며
밤사이 힘겹게 보내고
가슴 깊이 품고 있었던 햇살로
새 옷 갈아입힌 꽃망울
온몸으로 피우며
잔잔히 그려나가는 꽃잎 악보
홍매화꽃이
눈부신 아침을 펼치고 있다
봄을 기다리며
서성거리던 내게 다가와
오래 눌러쓴 때 묻은 모자
가만히 벗게 하고
담박하게 피어나는 너에게
웃음 한 줌 얹어 놓으라는
첫봄의 요정 매화꽃이
달빛 향기 만들어 가고 있다

나는 재떨이가 아닙니다

가로수 가지 잘려나가고 생긴
움푹 파인 옹이에
먹다 만 일회용 커피잔 툭 튀어나와 있다

담배꽁초 비닐 휴지가 숨구멍 막고 있다
버둥거리다 간신히 몰아쉬는 숨이 뜨겁다

팔 잘린 상처에
까맣게 타는 가슴 움켜잡고
간신히 서 있다
퉁퉁 몸을 불린 쓰레기 위로
빗물이 온종일 넘실대고 있다

비바람에 얼룩진 팻말 힘겹게 외친다
나는 재떨이가 아니라 생명입니다

여름 지나간 가을 문 앞에서

온몸이 다 보이는 말간 물
이리저리 보고 보아도
보고픈 것이 보이지 않는다

그림자 맞추며 가는 그 모습
그림으로 그리라며 돌아서 앉는다
흰 종이에 휘어진 등허리 지도
여름 지나간 가을 문 앞에서
오가던 흑색 연필이 멈춘다

무딘 날개로 어깨를 빙빙 돌던 나비
봄여름에는 나는지도 몰랐었다
빛바래져 가는 초록 날개 펼치며
날아가는 뒷모습 넘치지 않아 아름답다

첫봄

부서질까
차마 만지지 못하고
그저 바라보았다

떠나갈까
풀내 나는 네 곁에
가만히 서 있었다

그러나
너는
그림자 옷깃마저 감추었다

가방을 메고 아침이 건너가고 있다

장거리 마라톤 하는
너와 내가
삼색 신호등 앞에 서 있다

종일 쓰고 있던 가면을 벗고 누웠지만
잠 못 들고 뒤척이던 깊은 밤이 일어난다
겹겹이 쌓인 어둠을 벗겨 내고
열어지는 밤바다에 밑그림을 그린다
가위질 재단을 마치고 오늘을 담아낼
가방을 접는다

쪼그려 앉은 잠깐의 멈칫 뒤로하고

깜박거리는 신호등 가로지른
길 건너 떠오른 태양 너머로
아침이 건너가고 있다
밤새 접은 가방을 메고

개나리

개나리가 피었다
개나리인데 진달래로 보았다

영글게 피는 꽃을
부끄럽게 고개 드는 꽃으로 알았다

혼자서 아파했다

개나리는 개나리로 진달래는 진달래로
피고 있었다

난독증

책을
처음만 읽고 책장에 장식용으로 꽂아두었다
중간까지 읽다 이해하기 어려워 내려놓았던 책들
이번에는
끝까지 읽으려 눈을 크게 뜨고 마음도 활짝 열었다
마지막 장이 넘어가지 않는다
네가 넘기고 있는 살아있는 이야기책
나는 넘기지 못하고 있다
꼽을 수 없을 만큼 만난 숨 쉬는 책 중
봄꽃에 미소 짓고 TV에 나오는 애국가 연주에
괜히 가슴 뭉클하는 것을 제대로 읽지 못하였다
오늘 만난 숨 쉬는 책은 어떻게 읽어야 할지
파란 하늘 스며든 눈동자에 봄 햇살 가득 채웠다
한 장 한 장 책갈피 넘기는 손가락
가늘게 떨리고 있다

내 귀에 귀고리 걸었다

땅에 내려도 노랗게 빛나는 낙엽
그런 미소를 가진 사람

저녁을 재촉하는 빗물에 찾아온
나비넥타이 맨 작은 선물상자 안에서
노란 꼬리 반짝이는 귀고리 한 쌍

이십여 년 한솥밥 먹는 사람이
마음으로 빚어 만든 여름밤 빛나는 별
내 귀에서 반짝이고 있다

별이 될거나

오르막 내리막
무지개 언덕에서 만나
뒤서거니 앞서거니
함께 하다

내 먼저
학교 졸업하는 날
네 가슴에
장미꽃 한 송이 달아주고

닻을 내리는 노을이
뉘엿 뉘엿 돌아가는 저 하늘로
훨 훨 날아가

네 발길 비추는 별이 될거나

새벽녘 피고 지는 별꽃이 될거나

어제를 갈바람에 풀어놓고

깊은 생각을 먹고 사는
너를 잠시 벗어나

바람에 몸을 맡긴
갈대 춤사위 따라
기억의 자유로운 몸짓을

늘 눈앞에 있어 놓지 못했던
어제의 나를
갈바람에 풀어 놓는다

거리마다 넘쳐나는
바쁜 발길도
먼 곳 바라보게 하는 너
격정의 춤을 추고 있다

운탄고도*

산이 하늘인 듯
하늘이 산인 듯

구름이 넘나들며 잠시 쉬어 가는 곳

능선을 타고 가는 유일한 경계 운탄고도

그 길에
등짐을 벗은 사람이 넘어가고 있다

산이 가는 대로
바람 부는 대로

*운탄고도: 석탄을 실어나르던 능선길

말없이 외롭다 하는

뚜벅뚜벅 걸어
지지대가 되고자
있는 힘을 다한 헐거워진 나사

글씨 흐려진 편지
기억 살리는 사진
흔적을 지우기 시작하였다

지금 자주 볼 수 있을 때 잘하자
잦아드는 목소리
스마트폰 속에서
가만히 외롭다 하고 있다

빗물 털어내고

새벽까지
쉼 없이 내린 빗줄기가 남긴 물방울

아파트 화단 끝에 서 있는
감나무에 매달려
떨어질 듯 떨어지지 않는다

흠뻑 젖은 거미줄에 걸린
아침 햇살이 요동치고 있다

어제가 물들어
짙어지는 감잎 하나

빗물 털어내며
거미줄에 올라타고 있다

마법의 시간

모래는 조약돌
조약돌은 주먹만 한 돌로
그것이 조금 더 큰 돌 되어
구르고 구르다
맑은 물이 구름과 흘러가는
골짜기 지키는 바위 되면
백발의 어머니
윤기 도는 어머니로
속절없다 투정 부리면
어여쁜 젊은 날로 돌려놓고
그때는
내가 엄마 되어
사랑한다
먼저 말하며
두 팔 벌려 깍지 끼고 안으리

아침을 기다리며

문자 알림이 울린다
올 연봉도 안 오른다는
탄식 섞인 숨소리 묻어 있다
일 년 동안 뛰었는데 또 적자란다
저 멀리 달아난 보람은 어디에
문자 속 이모티콘이 울먹인다
까맣게 내려온 어둠 속에서
중고차 한 대가 주차장으로 들어온다
한쪽 눈을 감고 온 차는
손에 들린 약통을 바라보고 있다
아픈 눈에 약을 넣은 헤드라이트
거기는 괜찮아
까만 밤에 신호를 보내며
몇 시간 후 만날
꿈틀대는 아침을 지켜보고 있다

봄눈 너도 봄일 텐데

매화가 피었는데 펑펑 눈이 내린다
망울 피우던 개나리 줄기
모처럼 생글거리며 고개 든다

뽀얀 화장하는 앞산 자락
잔잔한 설렘이 퍼진다
차 한 잔 마시고 바라보니
벌써

조금 천천히 가지
한 시간도 안 되어 가버린 너
다시 찾아와 앞산 얼굴에
고운 화장 다시 한번

그럼
너도 연둣빛 휘파람 부는 봄일 텐데
봄눈 너도 봄일 텐데

5부

풀섬에 가고 싶다

장마철 소나기가 만든
낡은 통나무 다리에 가만히 누워
떠가는 뭉게구름 속을 거닐다
풋잠 들면
조심스레 다가와 어루만지는 솔바람

동백꽃

한 걸음 한 걸음
겨울 다리 건너는
발그레한 마음 감추지 않고
봄이 오셨다 하는 당신

햇살 멈추는 길가에서
기다려준 이와 잠시 거닐다

큰 눈망울에서 떨구는
첫 눈물

생애 단 한 번
가슴 떨리는 종을 울리며
말없이 떠나가는 당신

가야리

여름이 되면 고향 집에서
휴가를 보내고 오는 숙이
어머니 밤낮이 삭힌 안동식혜
유리병에 실려 와
내 앞에서 함박웃음 풀어내었다

떠난 시간이 떠나지 못한
손맛 실어 보내던 안동역
초여름 비가 내리고 있다

월영교에서 불러낸 헛제사 밥
따라 나온 안동식혜
그 맛이 아니다
자리를 털고 일어선다
거꾸로 가는 시계를 불러
택시에게 주문을 건다
가야리

운탄고도 2

삼 남매 사진 품고
까맣게 오르내리던
석탄 실은 트럭

흙먼지 뒤집어쓴
삶의 바람이
짙은 안개로 써낸 서사시

아버지 세월
구름 되어 가는
구부렁 고갯길

부는 바람 멈추어 서면

뚝딱뚝딱 기계 소리 망치 소리
새벽부터 동네를 깨우고 있다
아이 웃음소리 사라진 곳에
신축 바람이 타오르고 있다
삼층 올리는데 10억이 넘었다며
자부심과 걱정이 교차하는
눈빛이 바삐 움직인다
앞뒤 그린벨트 풀린 곳에
이 집 저 집 새 집 바람이 분다
조용하던 동네 강아지
세상 만났다 밤까지 짖어댄다
주말 새벽에도 시끄럽게 구는 굴착기
갑자기 불어 닥친 이 바람 지나가면
평온이 다시 찾아오고
아이 울음소리에 아침이 깨어나며
신난 놀이터 그네도 멀리멀리 날아가리니

페르소나 2

머리에 가발을 올리고
진주알을 달았다
속눈썹을 붙이고
립스틱을 바른
거울 속 사람이 궁금하다
화려한 조명 아래 서 있다
날아들지만 들리지 않는 목소리
박수 소리가 들린다
세상이 정해준 예복을 입고
부모의 가면을 쓴 날이다
어울리게 썼는지 모를 일이다
정말 모를 일이다

물안개

찬 서리에 젖어 있다

누가 볼까 돌아서서 새벽이슬 삼켰다

자유로운 구름이 되고 싶어

굽이굽이 능선 따라 피어오르며

살아지던 삶

그 안에 간절한 벌새의 날갯짓 있었다

하얀 둥지

전선처럼 늘어진 세월이 하루처럼 돌고 있다
철공소와 거미줄로 연결된 둥지 즐비하다
기계 굴러가는 터전에서
나지막한 지붕을 타고 오르는 쇳소리
손끝에 물들인 기름때로
어린 자식의 꿈을 그려갔다

낡지 못한 보랏빛 시간이 금 간 골목길에 서 있다

문어발 뻗는 재개발에
비어가는 둥지 지키는 나이든 청년이
고락의 잡초밭에서 두 손 모아 고개 숙이는 저녁
무심한 달빛이 환하게 떠오르고 있다

달 지면 달 지는 대로

잔액이 부족합니다
버스 단말기에서 울리는
똑 부러진 목소리
든든하게 배를 채우지 못한 카드
허둥대다 지갑으로 들어가 앉는다
움츠린 천원 지폐 두 장
몸을 일으켜 밖으로 나간다
땡그랑 잔돈을 내뱉는
작은 통이 출발을 외친다
한 장이이면 무엇이든 다 되는 카드
그것의 배를 채우기 위해
뛰는 날들이 저물기를 반복하고 있다
해가 뜨면 해 뜨는 대로
달이 지면 달 지는 대로

가다 보니

먼저 걸어가면 앞선 너의 그림자와
뒤에 서서 걸으면 뒤선 너의 그림자와
중턱에서 만나게 되는 층층이 쌓이는 산그늘

땅거미 밀고 오는 아름다운 해넘이 곁에
비바람 막아주던 우뚝 선 저 산이
너였음을

함백산

일 년을 기다렸어
하늘이 웃는 날을

슬플 땐 비를 뿌리다가
기쁠 땐 함박눈 날리지

그래도
혼자 오지는 말고
칼바람도 데리고 오길

가냘픈 나무에 몸을 풀고
보기만 해도 숨 막히게 피어나는
아름다운 서리꽃
상고대 너를 만날 수 있게

고독하게 대답해줘
내가 널 부르면

아침을 먹고 저녁을 먹다

비가 내린다
가만가만 고개 드는 봉오리
찬바람 끌어안은 햇살에
품고 있던 꽃을 피운다
줄기마다 일어선 초록빛
벌써 떠나는 꽃잎 배웅하고 있다
평탄하지 않은 길목을 지나
서성거리던 내가
저녁을 먹고 아침을 먹고 있다
어김없이 피고 지는 꽃잎 옆에서

49.95 제곱미터

넉 달 동안 떠돌다
어렵게 구한 신혼집
전용면적 사십구점구오제곱미터
서른에 가까운 수도권 주공아파트
이삼 년 전 매매가 보다 높은
전세 삼억 이천
변동금리 대출 이자
모두 날뛰고 있다
베란다 유리창
반쯤 떨어진 뽁뽁이 앞에서
울며 겨자 먹는 서른셋 서른하나
이십이 년 사월 끝자락
목구멍 새까맣게 타는 세상 속에서
애달프게 피는 봄꽃 송이

책을 읽다

이름만 쓰인 딱딱한 책표지
바람이 넘긴 첫 장에
하얀 눈밭이 펼쳐진다

한 발자국 밟았는데
책장들이 팔락인다
넘다 서기를 반복하다
멈추어 선 누런 종이에서
종 치는 삽화가 움직인다

그 후로
오랫동안 넘어가지 않는 장면을
읽고 또 읽다 다음 장을 잡는다

집으로 가는 길

첫 짐을 메었을 때
처음으로 세상을 원망했다
짐꾼으로 30여 년
자식들 결혼에 집까지
이 빠진 노부가 되었다
눈 내리고 비가 오면
하늘만 가린 바위틈에서
너풀대는 비닐 천막 속에서
홀로 있는 별이 되었다
가슴 적시는 밤이슬처럼
집으로 가는 길을 접어
가슴에 품고 잠을 청하였다

내 자식 웃음소리에
아직은 내릴 수 없는 짐
손주 둘을 메고 돌계단 오르고 있다

풀섬에 가고 싶다

물안개 발길 잡는 섬이 생겼다
물살이 모이며 모래톱 이루었다
나룻배만 한 무인도에 풀이 자라고
새들이 지저귀는 숨 터가 되었다

계절마다 발자국만큼 크기를 키우며
철새에게 보금자리 내주는 풀섬

장마철 소나기가 만든
낡은 통나무 다리에 가만히 누워
떠가는 뭉게구름 속을 거닐다
풋잠 들면
조심스레 다가와 어루만지는 솔바람

불꽃 남기고 떠나는 노을이
타지 않는 푸른 마음 간절히 펼치며
철새도 남모르게 머물다 가는 곳
숨 터 되는 풀섬에 너와 가고 싶다

12월 31일 금빛고래

검푸른 눈을 뜨며
솟아오르는 고래 한 마리

12월 31일 네가 쏜 화살이
수평선 끝으로 날아간다
솟구치는 푸른 불기둥

깊은 바닷속
유유히

저무는 것이 아니다

떠오르는 오늘을 만나러
황금빛 비늘을
벗어 던지고 있을 뿐이다

해설

한 그루 나무에는 몇 개의 나뭇잎이 달려 있을까?

나호열(시인·문화평론가)

해설

한 그루 나무에는 몇 개의 나뭇잎이 달려 있을까?

나호열(시인 · 문화평론가)

시란 사람들이 모두 알고 있으면서도
알지 못하는 사실에 대해 말하는 것이다
-정민-

시인 김정희

『가방을 메고 아침이 건너가고 있다』는 김정희 시인의 다섯 번째 시집이다. 2015년 첫 시집 『너는 봄꽃이다』 펴낸 이후 2년에 한 권씩 꾸준히 시집을 상재하였으니 시인에게 시마詩魔가 깃들어있음이 틀림이 없다. 시마란 무엇인가? 요약해서 말하면 시를 쓰지 않으면 견딜 수 없는 강렬한

충동, 표현의 열망을 뜻하는 것이다.

이 시마와 관련해서 떠오르는 생각이 옛 시론 중의 하나인 '시궁이후공詩窮而後工'이다. 이는 물질적이든, 정신적인 것이든 간에 어떤 결핍의 감정이 시를 짓게 만든다는 뜻이다. 그런데 시마와 시궁이후공의 맥락으로 김정희 시인의 시 세계를 탐색한다는 것이 과연 합당한 일이 될지 궁금한 바가 없지 않다. 그래서 김정희 시인의 모든 시집을 감상하고 그 감상을 해설과 발문으로 남긴 사람으로서 김정희 시인의 시작詩作이 지니고 있는 풍경의 실체를 이렇게 요약한 바 있다.

김정희 시인이 꿈꾸는 시는 일상을 벗어난 특별한 상상의 세계에 도달하는 것도 아니며, 언어의 조탁彫琢을 통한 미학적 성취를 위한 것이 아니라 자신 앞에 다가온 변화의 일상 속에서 함몰되기 쉬운 서정을 잃지 않으려는 안간힘일지도 모르겠다. 그러므로 회사후소繪事後素의 속뜻이 김정희 시인에게 있어서는 타고난 순수한 품성이 각박한 현실에 굴복하지 않고 훼손되지 않게 하려는 의지의 표명으로 읽힌다.

김정희 시인의 네 번째 시집 『비켜선 너에게 안부를 묻다』에 얹은 이와 같은 분석이 이번 시집에도 일관된 흐름으로 자리 잡고 있는지가 자못 궁금해지는 것이다. 시인으로 하여금 시를 짓게 만드는 원동력은 분명히 '무엇에 대한 결핍(궁窮)' 또는 시인의 삶을 압박하는 '무엇에 대한 저항'이며 결핍과 저항의 의식을 시작詩作을 통하여 정화淨化하려는 의지임은 분명하며 그런 일관성이 시인 김정희만이 획득한 소중한 시 세계라고 생각하는 것이다. 시인은 장편掌篇과 같이 한 편에 담긴 하나의 이야기를 스냅snap으로 처리하고 화자話者의 시선을 객관화함으로서 현대사회의 곤고함을 상쇄한다.

도시의 그늘을 읽다

김정희 시인은 고향을 떠나보지 않은 사람이다. 한적한 농촌 마을이 '우리 마을에도 바래길 있었더랬지 / 경동시장에 내다 팔 산나물 들깻잎 / 머리에 인 어머니 / 첫차 타러 비탈길 걸어가던 길'(시집 『비켜선 너에게 안부를 묻다』 중 「바래길」 부분)이 시인의 고향이다. 바래길은 어떤 길인가? 바닷가 여인네들이 물때에 맞춰 해조류와 조개와 같은 어패류를 채취하여 돌아오는 힘든 길이라고 한다. 그런 바래길에 비견할만한 비탈길을 오가던 어머니들은 이미 세상을 떠나고 지금은 '재개발로 비어가는 뒷골목 터전 / 떠나기 싫어 똑딱똑딱 / 두툼한 굳은살 새겨진 손바닥 뒤로 하'(「벽시계」)게 만드는 도시로 변모해가고 있는 곳이다. 이렇게 좀 더 도시화의 그늘을 이야기하는 시 한 편을 읽어보자.

뚝딱뚝딱 기계 소리 망치 소리
새벽부터 동네를 깨우고 있다
아이 웃음소리 사라진 곳에
신축 바람이 타오르고 있다
삼층 올리는데 10억이 넘었다며
자부심과 걱정이 교차하는
눈빛이 바삐 움직인다
앞뒤 그린벨트 풀린 곳에
이집 저집 새집 바람이 분다
조용하던 동네 강아지
세상 만났다 밤까지 짖어댄다
주말 새벽에도 시끄럽게 구는 굴착기
갑자기 불어 닥친 이 바람 지나가면
평온이 다시 찾아오고
아이 울음소리에 아침이 깨어나며
신난 놀이터 그네도 멀리멀리 날아가리니

-「부는 바람 멈추어 서면」 전문

이 시는 작금의 세태를 묘사하고 있다. 곳곳에서 벌어

지고 있는 재개발, 재건축의 열풍 속에는 주거환경의 개선이라는 목적보다 그로 인해 파생되는 경제적 이득이 감춰져 있음을 모르는 사람은 없다. 원주민은 어쩔 수 없이 떠나고 그 자리에는 낯선 이주민들이 둥지를 튼다. 삶의 추억도 없이 찾아온 이주민들은 익명匿名의 유목민이 되어 높이 솟구친 허망을 오르내린다. 그런 까닭에 고향에서 태어나 고향에서 평생을 보낸 사람들이 누려야 할 축복이 미래의 고통으로 찾아올지 모른다는 불안이 도사리고 있음을 이 시는 예리하게 보여주고 있다. 이 땅의 곳곳에서 벌어지고 있는 이런 풍경을 그린 또 한 편의 시를 보자.

전선처럼 늘어진 세월이 하루처럼 돌고 있다
철공소와 거미줄로 연결된 둥지 즐비하다
기계 굴러가는 터전에서
나지막한 지붕을 타고 오르는 쇳소리
손끝에 물들인 기름때로
어린 자식의 꿈을 그려갔다

낡지 못한 보랏빛 시간이 금 간 골목길에 서 있다

문어발 뻗는 재개발에
비어가는 둥지 지키는 나이든 청년이

고락의 잡초밭에서 두 손 모아 고개 숙이는 저녁
무심한 달빛이 환하게 떠오르고 있다

-「하얀 둥지」 전문

이 시는 어느 도심都心의 재개발 지역의 풍경으로서 우리 사회가 추구하는 일률적인 도시화와 그 이면에 도사리고 있는 자본주의 논리, 그에 부합하는 달콤한 삶의 편이성에 함몰되는 슬픔을 잘 보여주고 있다. 풍족하지는 않으나 근면을 밥으로 살아가던 사람들이 다시 도시의 소시민이 되어 변두리로 쫓겨 가야 하는 모순이 거대한 괴물이 되어 우리를 짓누르고 있음을 보여주고 있는 것이다.

도대체 도시는 무엇일까? 빠르고, 쉽게 그리고 안락하게 삶을 꾸려나갈 수 있는 시스템이 구축되어 있는 것이 도시의 개념이다. 그러나 이러한 안락한 삶을 꾸려나가는 사람들은 그리 많지 않다. 대다수의 사람들은 아침저녁으로 '장거리 마라톤 하는 / 너와 내가'(「가방을 메고 아침이 건너가고 있다」 1연) 되어 짐짝 같은 지하철에 '포탄처럼 날아가는 / 멈출 수 없는 삶'(「길 위에서」)을 신고 누구보다도 빨리 움직여야 하는 노동을 감내하지 않으면 안된다.

스스로 생산할 수 있는 것은 거의 없기에 온갖 노동력을 쏟아내고 늘 부족한 삶의 무게를 견딘다. 유쾌한 호칭은 아니겠지만 이른바 소시민이라 일컫는 사람들은 도시라는 그물 속에서 자생自生의 꿈을 버리지 않으려고 발버둥친다. '북적이는 마을 한적한 집 / 동생과 단둘이 세 들어 살'(「잉여 인간」)다가 쓸쓸하게 애도도 없이 죽어가는 잉여 인간이 되지 않으려고 안간힘을 쓰는 것이다. '공사판에서 일을 마치고 / 축 늘어져 / 밤새 관속에 누워있던 시체'(「산다는 것은」)로 사는 중년 이상의 사람들이나 '넉 달 동안 / 떠돌다 / 어렵게 구한 신혼집 '(「49.95 제곱미터」) 15평짜리가 매매가보다 더 높은 전세로 매겨져 비싼 대출을 통해 살 집을 구해야 하는 젊은이들에 이르기까지 도시가 숨겨놓은 배금拜金의 족쇄를 풀기는 쉽지 않은 것이다.

문자 알림이 울린다
올 연봉도 안 오른다는
탄식 섞인 숨소리 묻어 있다
일 년 동안 뛰었는데 또 적자란다
저 멀리 달아난 보람은 어디에
문자 속 이모티콘이 울먹인다
까맣게 내려온 어둠 속에서

중고차 한 대가 주차장으로 들어온다
한쪽 눈을 감고 온 차는
손에 들린 약통을 바라보고 있다
아픈 눈에 약을 넣은 헤드라이트
거기는 괜찮아
까만 밤에 신호를 보내며
몇 시간 후 만날
꿈틀대는 아침을 지켜보고 있다

-「아침을 기다리며」 전문

이 세상에 유토피아는 존재하지 않는다. 낙원이 있을 것이라는 꿈만이 존재한다. 그런 의미에서 아침은 유토피아를 찾아가는 괴로우면서 유일한 출구가 된다.

쓸모가 필요해!

도시에는 사통팔달의 도로가 거미줄처럼 얽혀 있고, 그 길에는 가로수들이 열 지어 있다. 삭막한 도시의 풍광을 그럴싸하게 채워주는 데 나무만큼 유용한 식물은 없다. 그러나 봄만 되면 왕성하게 팔을 뻗은 나무들에게 톱을 들이대는 몹쓸 일들이 벌어진다. 교통표지판, 신호등을 가린다는 이유로, 알레르기를 일으키는 주범이라고 싹둑싹둑 가지를 잘라내는 풍경을 아무렇지 않게 마주친다.

가로수 가지 잘려나가고 생긴
움푹 파인 옹이에
먹다 만 일회용 커피잔 툭 튀어나와 있다

담배꽁초 비닐 휴지가 숨구멍 막고 있다
버둥거리다 간신히 몰아쉬는 숨이 뜨겁다

-「나는 재떨이가 아닙니다」 1, 2연

나뭇가지가 잘려나간 이유는 쓸모가 없기 때문이다. 쓸모가 없는 것은 생명력을 상실했다는 이유로 사람들은 옹이구멍에 코 푼 휴지를 집어넣고 담배꽁초를 아무렇지 않게 버린다. 앞에서 언급한 잉여 인간이 되지 않기 위해서, 우리는 서로를 경계하고 가면을 쓴다. 모두 쓸모가 있는 존재라는 것을 증명하기 위해서 그렇다. 그렇다면 쓸모가 뜻하는 것은 무엇일까? 시인은 경구警句로 이렇게 대답한다.

그냥 지나쳐도 좋을 인연

없다

내게 먼저 손 내밀고
수줍게 가슴 여는 너

밥 한 톨에도 의미를 주는
쓸모

있다

-「쓸모」 전문

쓸모는 나를 둘러싸고 있는 사람들, 사물들 모두가 나름의 존재 가치를 가지고 있다는 뜻이다. 섣부른 가치판단—유용성이나 편리성, 장식성 등—으로 내쳐져야 할 존재는 없다는 뜻이다. 그럼에도 우리의 삶은 어쩔 수 없이 쓸모의 용도를 나름의 기준으로 삼는다. 밥벌이를 위한 임용시험이나 면접에서도 자신들의 조직에 조금 더 쓸모가 있는 사람을 뽑는다. 촘촘한 간격을 지닌 숲은 간벌을 통해 나무들을 벌채한다. 그런데 이 짧은 시에는 놓쳐

서는 안 될 시인이 감춰놓은 진의가 숨겨져 있다.

'쓸모'의 잣대를 들이대는 순간 우리는 사람과 사물에게 가치의 유용성을 이입시키기 때문에 '쓸모'라는 관념 자체를 버려야 한다는 희망을 권유하는 것이다. 실현이 불가능한 생각일지라도 '쓸모'를 잊어버리는 일이 적대적 감정을 무력화시키는 무위無爲임을 표명하는 것이다.

이를테면 '기쁘면 기쁘다 슬프면 슬프다 / 화나면 화난다 섭섭하면 섭섭하다 / 담아두지 말고 먼지 털어내듯 / 툭툭'(「툭툭 털고 기대어 서는」)털어내는 일이 쓸모의 이유를 사라지게 하는 지름길이라고 주장하고 싶어하는 것이다.

그 주장에 힘입어 온유한 시인의 시풍詩風에서 벗어나는 자신을 냉정하게 바라보는 시가 탄생한다. 시인은 문득, 쓸모 있는 존재가 되기 위해서 가면을 쓰고 있는 자신을 발견하고 질책하기를 두려워하지 않는 것이다. '가짜를 벗고 진짜를 찾아 / 누구의 눈치도 보지 않으며 / 오로지 가슴 울림에 집중하고 싶다'(「페르소나」)고백한다.

페르소나persona란 무엇인가? 첫 번째로 연극에서 배역의 특징을 살리기 위한 가면의 의미를 들 수 있고, 두 번째로 칼 융C. Jung의 심리학에서는 사회 속에서의 '나'는 타인에게 보여지는 존재이므로, 각 개인에게는 여러 개의 페르소나가 존재한다고 주장한다. 즉, 우리가 사회적 존재로 타인과의 관계 맺음에 있어 상황에 따라 적절히 자신의 페르소나를 사용하게 된다는 것이다. 그런데 김정희 시인은 그런 페르소나를 거부하고 싶다고 토로한다.

머리에 가발을 올리고
진주알을 달았다
속눈썹을 붙이고
립스틱을 바른
거울 속 사람이 궁금하다
화려한 조명 아래 서 있다
날아들지만 들리지 않는 목소리
박수 소리가 들린다
세상이 정해준 예복을 입고
부모의 가면을 쓴 날이다
어울리게 썼는지 모를 일이다
정말 모를 일이다

-「페르소나 2」 전문

슬하의 자녀가 혼례를 하는 날의 자신의 모습을 그린 이 시를 통해서 평소 검소하고 꾸밈없는 시인의 일상과 대비되는 모습을 어색함으로 느끼는 감정을 읽을 수 있다.

평소와 다른 화장한 모습을 가면으로 받아들였을 때의 어색함과 부딪치는 내면의 목소리를 시인은 정말 모를 일이라고 뭉뚱그리지만, 쓸모를 염려하는 삶에 어깃장을 놓고 싶은 심정을 드러낸 시로 받아들여진다.

가면을 벗은 얼굴은 '미움이 먹구름을 만들어… 마음에 못난 주름을 만드'는 실체, '문밖에서 종일 놀리던 혀의 수고'(「얼굴이 만들어지는 시간」 참조)로 계속 변하는 형상으로서 시 「페르소나 2」의 허상과는 그 결을 달리하는 것이다. 시인은 쓸모에 집착하는 나로부터, 수많은 가면을 써야 하는 일들로부터, 자유로워지기를 간절히 소망하는 것이다.

아름다운 사람을 꿈꾸다

김정희 시인은 이렇게 가면을 던져버린 사람이 되기를 바란다. '보름달 뒤에서 / 먹구름 뒤에서 // 묵묵히 걸어가는' (「빛나는 별이 아니어도」)별이 되는 것만으로도 행복하다고 말한다. '호박꽃으로 태어나 / 잘 익은 호박덩이 남기고 떠나가'(「그대 돌아보지 말아요」)는 것만으로도 충분하다고 말한다. 이런 언술이 허언이 아닌 까닭은 김정희 시인이 일관되게 추구해온 검이불루儉而不陋 시 정신이 그대로 녹아있기 때문이고, 그 시 정신이 그의 삶을 관통하는 신앙과 다름없었기 때문이다. 한 마디로 그의 시에는 장황한 수식이 없고 허위의 깨달음이 없다. 작은 것, 이름 붙여지지 않은 것과의 묵언의 대화에서 시인은 소소한 행복을 느낀다.

십분 남짓 걷는 길에서
매일 만나는 얼굴
계절마다 수수한 무대 꾸미는
풀꽃
눈인사 손 인사 나누고
뒤돌아보면
저 멀리서 닿을 듯 보이는 저녁놀
그대로 지켜보며
맨날
내 곁에서 미소 짓고 있었다

-「행복」 부분

삶의 고통이나 고난이 없는 사람은 없다. 그러나 그 고난을 어느 사람은 애써 잊어버리려고 하고, 어느 사람은 투쟁으로 이겨내려고 한다. 그러나 가장 현명한 대처는 숙명이라고 받아들이는 것과는 다른, 긍정의 에너지로 그 고난을 승화시키는 일일 것이다. 이 시집의 마지막 시편인 「12월 31일 금빛고래」는 저무는 태양을 고래로 비유하면서 마지막 한 해가 지는 것이 아니라 '떠오르는 오늘을 만나러 / 황금빛 비늘을 / 벗어 던지고 있을 뿐'이라고 환호한다. 시인이 지니고 있는 긍정의 에너지는 일상에서 자연스럽게 체화된 것으로서 하강의 이미지를 상승의 이미지로 발현시키는 무의식적 익숙함으로 표현되고 있는 것이다. 그와 같은 예로 시 「폭포」를 들 수 있다. 폭포는 하강의 이미지가 강하다. '수만 년 하늘을 지키던 / 수천의 백마가 뛰어내'리는 것이다. 그런데 시인은 마지막 연에서 그 하강(추락)이 '비로소 하늘을 나는 자유를 / 오롯이 찾아가고 있다'라는 빛나는 상승의 이미지로 전환시키는 것이다. 그 폭포의 물줄기가 하늘로 다시 올라 별이 되는 광경을 시인은 이렇게 표현한다.

밤하늘이 아름다운 건
꿈꾸는 네가 있기 때문이지

무리 지어 있어도
혼자 있어도
저 멀리에서 푸르게 빛나며
가까이 가도 아름다운
네가 있어서지

어둠 밝히며 구슬땀 흘리는 청춘이
외롭게 떠다니는 도시의 섬

푸른 신호 보내는 네가 있어서

까만 밤도 별일 없이 흘러가지

-「별에게」 전문

폭포는 원래 하늘을 나는 백마였다. 그렇기 때문에 백마는 추락이 아니라 다시 하늘로 오르는 힘을 지니고 있고, 밤이면 별로 현현하여 길 잃은 사람에게는 길잡이가 되고, 자유를 꿈꾸는 사람에게는 무한천공을 질주하는 소리 없는 백마의 말발굽 소리를 들려주는 것이다.

한 그루의 나무에는 몇 개의 나뭇잎이 달려 있을까?

이 글은 시집 『가방을 메고 아침이 건너가고 있다』가 이전 시집들과 어떤 연관성을 맺고 있는지, 또한 이전 시집과는 다른 어떤 변별성을 드러내고 있는지를 탐색하는 일로 시작되었다. 무조건 시를 쓴다고 시인이 되는 것은 아니다. 뚜렷한 자신만이 가진 세계관을 삶에 투영하고, 자신만의 어법을 창조하고자 하는 열망이 한 그루의 나무로 우뚝 서게 하는 노력이 열매 맺을 때 그때 비로소 시인으로 탄생하는 것이다. 김정희 시인의 시작詩作은 나날이 변화하는 세태 속에서 자신의 염결성을 지키려는 분투로부터 시작始作되는 것이었으며, 어쩔 수 없이 다가오는 시간의 흐름을 거역하지 않으면서 화해로 나아가는 서정을 확보하는 것이었다고 생각한다. 김정희 시인에게 있어서 서정은 자연 탐미에 기울어지지 않고 모든 생명의 애환을 귀담아들으려는 그 자체에 있다.

나무는 오직 하늘을 향해 기도의 자세로 솟아오르는데 전력을 다한다. 마음은 땅 밑에 숨겨둔 채 직립의 자세를 올곧게 하기 위해 수많은 나뭇잎을 매단다. 시인을 그런 나무에 비유한다면 시인이 생산해내는 시들은 나뭇잎과 같다. 도대체 얼마나 많은 나뭇잎(시)이 부동의 나무를 올곧게 하는데 필요한 것일까?

오늘날의 시론은 '사람다움'을 향해 걸어가는 시를 가볍게 여긴다. 요설과 현란함으로 '사람다움'의 서정을 멀리 내쫓아버렸다. 그러나 생각해 보라! 같은 모양을 지닌 나뭇잎들은 오직 자신의 주체인 나무의 성장을 위해 존재한다. 그리하여 오래된 나무는 무성해져서 길을 오가는 사람들의 쉼터가 되고 안식을 기원하는 탑이 된다. 김정희 시인의 시편이 더 높고 우람한 나무가 되는데 필요한 나뭇잎, 아니 깃발로 펄럭이는 풍경을 글의 마지막에 내려놓으며 짧은 필력 탓에 주옥같은 서정시를 다루지 못해 못내 아쉬움을 남긴다.

-울타리가 없는 집에서 나호열

가방을 메고 아침이 건너가고 있다

김정희 지음

발행처 도서출판 청어
발행인 이영철
영업 이동호
홍보 천성래
기획 남기환
편집 이설빈
디자인 이수빈 | 김영은
제작이사 공병한
인쇄 두리터

등록 1999년 5월 3일
(제321-3210000251001999000063호)

1판 1쇄 발행 2023년 11월 30일

주소 서울특별시 서초구 남부순환로 364길 8-15 동일빌딩 2층
대표전화 02-586-0477
팩시밀리 0303-0942-0478
홈페이지 www.chungeobook.com
E-mail ppi20@hanmail.net

ISBN 979-11-6855-208-1(03810)